Be Strong and Steadfast

강하고 담대하라

Be Strong and Steadfast

강하고 담대하라

Be Strong and Steadfast

강하고 담대하라

조 미카엘 지음

좋은땅

Contents

목차

제1장

힘과 용기를 내어라

제2장

저희 가정을 축복하소서

힘과 용기를 내어라

주님이 명하신다, 강하고 담대하라

"힘과 용기를 내어라. 무서워하지도 말고 놀라지도 마라."
(여호수아기 1:9)

내 안의 떨림과 염려
그 모든 것은 인간의 연약함일 뿐
주님은 말씀하시고
그 손길로 나를 붙드시니
내 발걸음마다 길이 열리고
내 마음은 사자처럼 굳세다

"네가 어디를 가든지 너의 하느님이 너와 함께 있어 주겠다."
(여호수아기 1:9)

폭풍이 몰아쳐도
어둠이 둘러싸도
주님의 약속은 벽처럼 견고하다

강하고 담대하라!
두려움은 사라지고

믿음은 불길처럼 타올라
영혼을 찌르고, 삶을 뚫는다

주님이 명하신다
움츠리지 말고
나는 주님과 함께하니
패배는 없다, 길은 열렸다
강하고 담대하라!

성령의 사람

어둠을 가르며 솟는 아침해처럼
그에게 성령이 비둘기 날개로 내려오고
하늘이 천둥소리를 울린다
"이는 내가 사랑하는 아들이다."

포개진 두 손, 가슴에 모이고
단단히 디딘 두 발, 대지를 붙들며
두 눈은 하늘을 꿰뚫는다
마음속 불꽃, 성령의 불이 활화산처럼 타올라
침묵마저 흔들어 깨운다

다윗의 용맹, 창칼을 부수던 힘
모세의 믿음, 바다를 가르던 기적
바오로의 인내, 폭압 앞에 꺾이지 않던 의지
그 모든 것이 그의 어깨 위에
찬란하게 내려앉는다

하느님의 기름 부음
그는 부서지지 않는 무쇠

믿음은 심연처럼 깊고
마음은 우주처럼 담대하다

하느님과 이웃에 대한 완성된 사랑을
맹세한 사람
그의 존재는 성령의 숨결
그의 길은 거룩한 불길
오늘도 세상을 밝히는 성령의 사람

모든 걱정을 주님께 내맡기라

두려움에 사로잡혀 마음이 무너지네
깜깜한 어둠속에 어떤 길도 보이지를 않고
격려와 은혜의 말씀도 들리지를 않아
자리에 주저앉아 하염없이 울고 있네

주님께서 조용히 나를 안아주시네
내 아들아 내 딸아 모든 염려와 걱정을 나에게 맡겨라
내가 너를 살피겠다 내가 너를 지키리라

주님께서 나를 굳건히 세워주시네
애쓰지 말아라 절망하지 말아라 나에게 맡겨라
내가 너를 채우겠다 내가 너를 세우리라

모든 걱정과 염려를 주님께 맡겨라

낮게 하시는 주님

그가 너무 아픕니다
절망과 두려움이 아픔에 더해져
일어설 힘도 내지 못할 때

말씀으로 병을 낫게 하시고
구렁에서 구해 내신 주님께 의지해
'하실 수 있으면'이 무슨 말이냐
믿는 이에게는 모든 것이 가능하다

그분은 우리의 죄악으로 으스러졌으나
우리를 살리기 위해 십자가에 달리셨고
그분의 상처로 우리는 나았다

믿음의 기도가 아픈 이를 구원하고
주님께서 그를 일으켜 주시리라
사랑하는 이여 그대의 영혼이 평안하듯이
그대의 건강을 주님이 허락하시네

너를 지켜라

오묘하게 지어진 소중한 생명
나의 시작과 나의 끝이
모두 당신의 책에 쓰였어요

엄마가 업어주고 아빠가 안아주어
그 따스함과 보살핌으로
내가 하나의 사람이 되었어요

벼랑의 끝자락에 나홀로 남아
더 이상 버틸 수 있을까 무서워요
처절한 노력으로 너무나 지쳐
이제 그만 모두 놓고 쉬고 싶어요

아들아 딸아 조금만 더 견뎌라
하늘은 너보다 큰 시련은 주시지 않으며
반드시 벗어날 길도 함께 마련하신다

주님께서 이미 뜻을 세우셨다
너를 살리리라 너를 지키리라 너를 세우리라

밝은 앞날이 너를 기다리고 있어
너에게 예비된 영광과 기쁨을 꼭 맞이해

말씀의 전례

우리 동네 고적한 '성심의 성모님' 성당
매일 아침, 나는 말씀의 전례를 기다린다

그 시간은 단순한 의식이 아니라
신앙을 깊이 음미하고
보이지 않는 공동체를 이어주는
거룩한 공명의 장이다

여든 해를 살아온 할머니의 차분한 목소리가
독서말씀을 천천히 낭독하면
마음속에 묵직하지만 은밀한 불씨가 피어난다
아흔에 가까운 신부님의 강론은
세월이 단련한 울림으로 심연을 두드리며
공감과 성찰을 동시에 일깨운다

"삶은 단 한 번, 순식간에 지나간다.
두려움과 걱정에 허비하지 말고
이 순간을 감사로 채워라."

하느님의 말씀은 살아 있고 힘이 있으며
어떤 검보다 날카롭고
어떤 빛보다 선명하게 존재를 절단한다

그래서 매일, 나는 다시 말씀의 전례를 기다린다
숨결과 시간이 함께 흐르는
작지만 완전한 성스러운 장으로

성찬의 전례

우리 동네 평온한 '성 요한 복음사가' 성당
매일 아침, 나는 성찬의 전례를 기다린다

"보라, 천주의 어린양
세상의 죄를 없애시는 주님이시니
이 성찬에 초대받은 이는 복 되도다."

이 말씀을 들을 때마다
나는 일상의 소란에서 벗어나
성대한 만찬에 초대받은 손님이 된다
세상의 어떤 초대보다도 크고
어떤 경이보다도 깊은 초대

성체를 모시는 순간
걱정과 근심은 저 깊은 곳으로 흘러가고
주님과 내가 하나 되는
조용하지만 강렬한 평화가
내 존재의 심연에서 솟아오른다

작고 하얀 밀떡 속에
무한한 은총이 충만히 담겨 있음이
삶과 영혼을 채워준다
허기와 갈증이 사라지고
영혼은 조용히 목마름을 적신다

그래서 매일, 나는 성찬의 전례를 기다린다
시간과 존재가 하나로 얽히는
가장 사적이면서도 보편적인 성스러운 순간으로

감사로부터

언제나 기뻐하라
끊임없이 기도하라
모든 일에 감사하라
우리에게 바라시는 주님의 뜻

오늘 지금 이 순간을 나를 위하여
이날은 주님께서 만드신 날
생명 주신 그분께 감사드리네

기쁨의 열쇠 행복의 기적
평화의 안식은 모두 감사로부터

어떤 경우에도 감사하여라
감사의 마음으로 기도하여라
너의 생명 나의 평화 감사로부터

감사로부터

미사가 평안을 주지 못하는 이유

미사가 평안을 주지 못할 때가 있다면
그것은 고난과 시련의 무게가 부족했기 때문입니다

미사가 단순한 의식처럼 느껴진다면
아직 감사의 마음을 깊이 깨닫지 못했기 때문입니다

십자가를 지고 광야를 걸어야
절박한 믿음과 처절한 인내가
우리 영혼을 단단하게 빚어 줍니다

살아 있음에 대해 감사할 줄 알게 될 때
무릎 꿇어 미사 안에서 기도할 수 있음 또한
하나의 축복임을 깨닫습니다

그리하여 우리는
무한한 평화와 잔잔한 평안을
조용히, 그러나 확실히 느낄 수 있습니다

의로운 위로

분하고 억울한 마음
소리 없이 눈물이 흘러
입술을 깨물고 주저앉았네

가진 것 없고 용기도 부족해
용서의 마음도 담담한 여유도
무엇 하나 갖지 못했네

나 너와 함께 있으니 두려워 마라
내가 너를 일으키고 내가 너를 도와주리라
나의 의로움 나의 진노에 모두 맡겨라

빛처럼 너의 정의를 떠오르게 하며
대낮처럼 너의 공정을 내가 밝히리

의로운 위로

한 처음에 말씀이 계셨다

한 처음
말씀이 계셨다
빛도, 그림자도 없던 어둠 속
그 말씀은 이미 모든 것을 품고 있었다

말씀은 숨결 되어
물 위를 스치고
바람을 흔들며
별 하나, 강물 하나
조용히 불러냈다

오늘 내 마음 속에도
말씀은 흐른다
말없이, 그러나 확실히
세상의 모든 '처음'을 일깨우며

수호천사

어린 날 마루 모서리에 부딪힌 이마
열 바늘 꿰맨 자국이 남았지만
깊은 상처 속에는
조용히 감싸는 손길이 있었다

교실의 외로움, 일부의 외면 속에서도
길은 사라지지 않았다
험한 길목마다
보이지 않는 손이 마음을 붙들었다

군대 병실의 차가운 침상 위
숨죽인 상처가 드러날 때에도
숨결은 생명을 감싸며
위태로운 순간을 지켰다

오랜 시간 몸담은 회사를 떠나던 날
빈손으로 남겨진 순간에도
새로운 길이 열리도록
마음을 조용히 붙들었다

보이지 않는 날개가 얼굴을 감싸고
어깨를 지탱하며
흘리는 눈물을 받아주었다

어둠 속에서도 홀로 남지 않도록
늘 곁에서 지키는
조용하고 다정한 숨결이 있었다

매일미사 1000일 결심

오늘도 문을 열고
성전의 향기 속으로 들어간다
작은 촛불 하나
내 마음 속 결심을 밝히며

천 번, 아니 천 일의 초대
같은 자리, 같은 기도
그러나 매번 새롭게
내 영혼을 흔드는 빛

성가 속에서 마음이 잠잠해지고
복음 속에서 길이 보인다
작은 기도의 울림
천 개의 날을 이어
내 삶을 감싸 안는다

때로 흔들리고 지쳐도
손끝에 닿는 십자가
그 위대함 안에서
나는 다시 일어난다

매일의 미사 천 번의 날
결심은 단순하지만
그 속에 담긴 믿음은
바다처럼 깊고, 하늘처럼 넓어지기를

해치우듯 하는 기도

묵주를 쥔 손이
오늘은 조금 바쁩니다
성모송이
숨을 고를 틈도 없이
앞서 달려갑니다

그래도 괜찮다고
누군가는 말해 주는 듯합니다
지친 마음이
속도를 내는 날도 있다고

촛불 앞에 서 있지만
마음은 아직
문 밖에 남아 있는 날
기도는
잠시 길을 잃기도 합니다

괜찮다고 위로하십니다

기도는 늘
제자리를 찾아온단다

서둘러 내어놓은 말들 사이로
놓친 한숨 하나
말하지 못한 마음 하나를
성모님은 이미 알고 계십니다

오늘은
백 번의 기도보다
한 번의 숨 고르기로
천 마디 말보다
잠깐의 침묵으로
주님 곁에 머물러도 된단다

묵주는 숫자를 세지 않아도
사랑을 기억하고
기도는 끝내지 못해도
우리를 안아줄 것입니다

지금 이 자리에서
천천히
아무 말 없이도
하느님은
우리를 기다리고 계십니다

Chapter

제2장

저희 가정을 축복하소서

자녀를 위한 기도

저희에게 허락하신 자녀들에 가슴이 벅차
온 우주를 지으신 당신께 무릎 꿇고 기도합니다

주님, 저희 자녀들이 생명 넘치는 사람이 되게 하소서
세상의 위험에서 이들을 굳건히 지켜주시고
건강한 정신과 튼튼한 육체를 허락하소서

주님, 저희 자녀들이 진실한 사람이 되게 하소서
삶에 정직하고 떳떳하게 임하게 하시고
주님 말씀 속에서 진리를 구하는 믿음을 허락하소서

주님, 저희 자녀들이 행복한 사람이 되게 하소서
사랑하는 이들과 삶을 나누게 하시고
주어진 모든 것에 마음 다해 감사하게 하소서

주님, 저희 자녀들이 지혜로운 사람이 되게 하소서
진실과 거짓, 옳고 그름을 판단할 수 있는 안목을
주시고,

겸손하게 듣고, 담대히 실천하는 용기를 주소서

자녀들을 위한 저희들의 감사와 청원의 기도가
폭포수처럼 자녀들을 감싸게 하소서

가정을 위한 기도

사랑이신 주님
저희가 아름다운 가정을 이루고
함께 살아갈 수 있도록 허락해 주심에 감사드립니다

저희 가정이 서로를 감싸주고, 격려하며
따뜻한 위로를 나누는 생명의 공동체가 되게 하시고

함께 웃고, 항상 기도하며
모든 일에 감사하는 행복한 공동체가 되게 하소서

주변의 어려움에 눈감지 않고
자선과 봉사를 실천하고, 나누며 살 수 있는 풍요의
공동체가 되게 하시고

삶의 선택 앞에서 옳은 길을 따르며
정의로우신 주님의 발자취를 배워 담대히 실천하는
용기의 공동체가 되게 하소서

주님, 저희 가정을 축복하시어
당신의 사랑 안에서 늘 하나 되게 하시고
모든 여정의 끝에서
당신과 함께 영원한 안식의 집에 이르게 하소서

부모의 기도

저희가 부모라 불리기 위해
사랑을 멈추지 않게 하소서

저희의 피곤함보다
아이의 웃음을 먼저 기억하게 하시고
저희의 부족함보다
아이의 가능성을 먼저 바라보게 하소서

존중을 가르치며
존중받는 기쁨을 알게 하시고
사랑을 베풀며
사랑받는 축복을 알게 하소서

아이의 삶은
함께 놀아주고, 함께 걸어주며
곁에 있어주는 그 순간 속에 깃들어 있음을
잊지 않게 하소서

부모는 완성된 이름이 아니라
날마다 새롭게 태어나는 길임을
그 길 위에서 저희들도
아이와 함께 자라난다는 것을
늘 깨닫게 하소서

오늘도 저희에게 주어진 이 거룩한 부름
부모라는 이름을 감사히 안으며
저희가 아이의 삶을 지켜주는
수호천사가 되게 하소서

용사의 손에 쥔 화살

젊은 날 품에 안긴 아들들은
용사의 손에 쥔 화살과 같다 하였지만
부모의 마음은
그 화살을 활시위에 올려
멀리 쏘아 보내지 못한다

화살통에 고이 담긴 작은 화살 하나하나가
얼마나 소중한지 알기에
쏘아 올리는 손보다
지켜 감싸는 손이 먼저 되어
기도로 그 곁을 지킨다

그러나 때가 오면
아이들은 제 스스로 날아오를 준비를 하고
부모의 손끝을 벗어나
세상을 향해 나아간다

그 순간
비로소 깨닫게 될 것이다

용사의 손에 쥔 화살은
스스로 하늘을 향해 쏘아질 때
가장 강하게 빛났다는 것을

가족이 있는 집

파란 정원이 있었던 그 집
아침마다 잔디 위에 이슬이 내려
햇살이 먼저 도착하던 집
천장이 높아
말들이 위로 날아가다
조용히 내려앉곤 했다

작은 아파트였던 그 집
창 하나에 계절이 걸려 있었고
부엌에서 나는 밥 냄새가
집 전체를 금세 채웠다
웃음도, 한숨도
서로 부딪히며 따뜻해졌다

크다고 더 품어주지는 않았고
작다고 덜 안아주지도 않았다

집은 규모의 숫자가 아니라
그 안에서 숨 쉬는 사람의 온도였다

가족이 있고
기다림이 있고
서로의 하루를 내려놓을
마음이 있다면
그곳이 집이었다

크던 날도 축복이었고
작던 날도 축복이었다
그 안에 스며드는 은총과 축복
서로를 품는 사랑이 집을 완성했다

야베츠의 기도

구약성경 역대기 상권 4장에는
유다의 자손 야베츠가 나옵니다
고통 속에서 태어났지만
자기 형제들보다 존경을 받았던 야베츠는
하느님께 이렇게 빌었습니다

"부디 저에게 복을 내리시어
제 영토를 넓혀 주시고,
당신의 손길이 저와 함께 있어
제가 고통을 받지 않도록
재앙을 막아 주십시오."

그러자 하느님께서 그가 청한 것을
이루어 주셨다고 기록됩니다
하느님께서 야베츠의 기도에 즉각
응답해 주신 까닭은 무엇일까요
야베츠의 기도라는 구절에서 우리가
배워야 할 숨겨진 비밀이 있을까요

야베츠의 간구와 청원이 하느님께서
우리에게 원하시는 기도의 방식이라고 한다면
우리는 그것을 배워야 하지 않을까요

야베츠의 기도의 비밀은
마태오 복음 7장 7절의 말씀이 아닐까 생각합니다

"청하여라, 너희에게 주실 것이다.
찾아라, 너희가 얻을 것이다.
문을 두드려라, 너희에게 열릴 것이다."
의 지혜입니다

구하는 간절함과 찾는 노력,
그리고 두드리는 실천이 모두 하나된 기도이기에
하느님께서 바로 응답을 주시지 않았을까요

우리도 야베츠처럼 기도할 수 있기를 묵상해 봅니다

풍성한 포도나무

집 뜰 한가운데
말없이 한 그루 포도나무가 서 있다

그 뿌리는 신실함이라는 흙 속으로
천천히, 그러나 깊이 내려가
메마른 계절에도 마르지 않고
비바람 많은 해에도
자기 자리를 잃지 않는다

그 사이 햇살을 한 알씩 받아
포도알들이 자란다
서두르지 않고, 서로를 기다리며
향기로운 삶으로 익어간다

포도나무의 가지는
사랑이라서 열매를 감싸고
조용히 들어 올리며
쓰러지지 않게 세운다

그래서 나무는 더 깊이 뿌리내리고
더 넓게 팔을 벌려
조금씩, 그러나 분명히
축복을 키운다

그리고 그 열매가 익어 있던 자리에는
언제나 은혜와 사랑이
먼저 와 조용히 기다리고 있다

맹모삼천지교

가난한 무덤가에서 어린 맹자를 바라보던 어머니
그 삶은 넉넉하지 않았으나 그 마음은 확고했다

"내가 가르치지 못한다면 적어도
좋은 환경이라도 주어야지."

그 생각 하나로 무덤가에서 저잣거리로
저잣거리에서 서당 곁으로
세 곳이나 삶의 터전을 옮겼다

맹모삼천지교는 옛 고사가 아니다
오늘도 우리 삶 속에서
조용히 이어지고 있는 이야기다

아이들이 학교에 들어서면
부모 또한 다시 배움의 길에 들어선다
시간표를 조정하고, 생활방식을 바꾸고
익숙한 것들을 내려놓으며
아이들의 꿈을 위해 다시 삶을 조율한다

우리는 맹모에게 배운다
부모의 헌신은
학문의 성취보다 더 깊은 뿌리이며

아이의 품성은
부모가 만든 작은 세계에서 자란다는 것을

그래서 우리도
맹모처럼
때로는 이사하고, 때로는 포기하고
때로는 다시 배우며
아이의 꿈이 설 수 있는 자리를 마련한다

그 길 위에서
오늘의 부모는 깨닫는다

아이를 키우는 일은
결국 부모 자신이 다시 태어나는 일임을

아들의 친구

아들의 친구를 마주하면
내 아들보다는 낯설지만
내 아들 같은 다정함이
마음에 스며든다

아이들이 함께 어울리는
말과 행동을 지켜보면
미처 알지 못했던 새로운 풍경이
반짝이며 열려 온다

그 아이의 얼굴에 비친 아들
한 발짝 떨어진 거리 속에서
세상과 조용히 호흡하는
아들의 모습이 비로소 보인다

아들의 친구는
아들을 향한 또 하나의 길이 되고
나는 그 아이들을 통해

아들의 내면과
말없이 빛나는 진가를
천천히 발견해 간다

어린아이

내가 어릴 적
생각과 말은 작은 아이와 같았다

세상은 끝없이 넓었고
아버지의 등은
산처럼 높았다

옛날 동네, 옛날 집
모든 것은 나보다 컸고
나는 그 안에서
자라났다

다시 그곳을 찾으면
손에 잡힐 만큼 작고
기억보다 소박한 풍경을 만난다

그러나 그 작아진 모습 한가운데서
어른이 된 나는

어린 나를
조심스레 마주한다

사랑

하느님의 계명
마음과 목숨과 뜻을 다해 주님을 사랑하라
이웃을 내 몸같이 사랑하라

결국
그 모든 말의 끝은 하나
단 하나의 단어, 사랑

천사의 말을 해도
사랑 없이는 공허한 울림

사랑, 믿음, 소망
그 가운데 가장 큰 것
가장 깊은 것
가장 영원한 것

그것은 사랑

부모의 탄생

우리는 세상 속에서
다양한 이름으로 불립니다

누구의 자녀, 누구의 배우자
누구의 친구, 누구의 동료

수많은 호칭 속에서 살아가다가
마침내 아이가 태어났을 때
우리도 새로 태어납니다

먼저 우리를 부르는 작은 울음이 있고
그 울음이 우리를 부모로 태어나게 합니다

아빠, 엄마라는 이름으로
사랑의 빛으로, 애틋한 마음으로
우리는 아이와 함께 매 순간 다시 태어납니다

Chapter

제3장

삶의 한복판에서 생각한다

부자성당 가난한 성당

부자성당에서 기도를 드린다
금빛 장식과 대리석의 반구형 천장이 하늘만큼 높고
제대 아래 놓인 수국과 작약의 향이 우아하다
십자가상이 예술작품 같아서
예수님의 고통까지 은은한 것 같다
허리를 곧게 세우고 두 손을 곱게 모은 자매님
하느님의 품에 안긴 평화로움이 느껴진다

가난한 성당에서 기도를 드린다
거친 나무와 녹슨 철재의 천장이 땅 같이 낮고
제대 옆에 놓인 사철 푸른 조화가 세월만큼 해져 있다
기도를 위해 무릎을 꿇은 의자가 삐걱거리고
은혜로운 성모님상도 색이 바랬다
굵은 주름의 얼굴, 검은 외투를 걸친 형제님
먼지와 땀이 섞인 오래된 냄새에 고단함이 묻어난다

가난과 고통이 외면되지 않는 한
부자성당의 창에서도, 가난한 성당의 창에서도

햇빛이 따사롭게 비추어와
예수님의 은총처럼
포근하게 내린다

하느님의 돈

주님께서 이르시되
부자가 하늘 나라에 드는 일은
낙타가 바늘귀를 들어가는 것보다 어려우리라

하느님과 재물을
한 마음으로 섬길 수 없으니
하늘에 쌓을 보화는
땅의 소유를 이웃에게 내어놓음으로 이루어진다

잠언에 기록하신 말씀처럼
가난도 부유도 제게서 멀리 두시고
부족함도 넘침도 아닌
날마다 제 몫만을 허락하소서

제가 부를 좇아 돈을 섬기지 않게 하시고
가난 앞에서 마음이 굽어
비굴해지지 않게 하소서

눈에 보이는 재물 너머에서
주님께서 부르시는 참된 가치
하느님의 돈이 무엇인지
마침내 깨닫게 하소서

성직자와 수도자

한 평생 그리스도를 따르기로 마음을 정하고
삶을 돌아보는 이들
이들은 영혼의 갈망을 좇으며
이타적 사랑 속에서
조용한 행복을 발견했을지 모른다

청빈 속에서 소유를 내려놓고
정결 속에서 마음을 가다듬으며
순명 속에서 세상을 지으신 분의 뜻을 좇는 일
그들의 삶은 서약이며
자신을 비우고 세상을 향해 활짝 열리는 문일까

성직자는 복음을 선포하고
성사를 통해 사람들을 하느님께로 인도하며
수도자는 공동체와 약속 속에서
하느님의 뜻을 살아내며 영적 길을 걷는다

이분들의 조용하지만 확실한
삶의 중심은 예수 그리스도이다

그들의 모습을 보며 서약의 의미와
하느님을 향한 마음을 점검해본다
성직자와 수도자에게 감사의 기도를 바친다

고해성사

작은 고해소에 들어서
무릎을 꿇었어요
속삭이는 마음으로
하느님의 뜻과 어긋난
나의 생각, 말과 행동을 고백합니다

용서받을 수 있을까요
하지만, 고해실은 심판의 자리가 아니라
자비가 머무는 자리
나를 다시 세우는 공간이라고 하시네요

진정한 회개는
말이 아닌 마음의 준비에서 시작될지 몰라요
불편한 그 자리에 자주 들어설수록
양심의 목소리가 또렷해지고
집중 속에서 나를 바라보게 됩니다

겸손함이 스며들고
내 잘못에 대한 성찰이

더 이상 두려움이 아니라
스스로를 돌아보는 거울이 됩니다

분리의 축복

권위주의의 해체 이후 '개인'이 숭배되었다
개인의 권리와 자유, 자율이 강화되면
공동체는 필연적으로
해체될 운명이라 예견되었다

그러나, 전염병이 창궐한 세상
국가는 집단을 보호한다는 명목으로
개인을 격리했고, 진정한 공동체의 해체는
집단을 지키기 위한 시도에서 시작되었다

모임의 금지는 명령이 되었고
거리 두기는 윤리가 되었다
몸은 안전해졌으나
관계는 봉쇄되었고
개인은 서로를
잠재적 위험이라 인식했다

국가가 우선한 것은
숫자로 환원한 총량이었고

그 합계를 지키기 위해
개인이라는 실체적 사람은 밀려나갔다
공동체가 관리라는 미명 아래 증발했다

그러나 그 '분리'의 시간은
뜻밖의 축복이 되어
우리가 잊고 살던 것을
역설적으로 드러내 주었다

함께한다는 것이 얼마나 큰 의미인지
일상을 나누는 일이 얼마나 귀한지
누군가 곁에 있다는 사실이
단순한 조건이 아니라
삶의 본질이라는 것을

우리는 떨어져 있음으로서
비로소 함께함을 헤아리게 되었고
고립 속에서 공동체의 무게를 실감했다

그래서 그 분리는
상실이 아니라
다시 배우게 하는 축복이었다

최양업 토마스의 기도

나는 오직
하느님과 교회
그리고 신자들의 구원을 위해
이 길을 걷나이다

진리를 알면서도
그 길을 찾지 못해
한숨짓는 영혼들은
얼마나 가련한가

주여, 불쌍히 여기소서
바싹 마른 이 땅 위에
자비의 소낙비를 내려주소서
진리에 목마른 우리에게
구원의 물을 흠뻑 마시게 하소서

아Q의 정신승리

아Q는 두들겨 맞았다
그리고 말했다
"나는 이겼다."
상처 위에 허울뿐인 승리
그것을 루쉰은 정신승리라 불렀다

그러나 성령의 사람은 말한다
긍정은 허상 위의 위안이 아니다
넘어져도 일어나
사실과 마음을 마주하며
한 걸음씩 걸어가는 힘이다

상처를 부정하지 않고
현실을 포기하지 않고
마음 속 불씨를 꺼뜨리지 않는 것
그것이 진정한 긍정적 자세다

웃음 뒤에 숨은 자기합리화가 아니라
마음의 눈으로 보는 성실한 희망

패배를 승리로 둔갑시키는 허영이 아니라
다시 일어서는 생의 의지

아Q는 말했지만, 성령의 사람은 걷는다
정신승리가 아닌
긍정의 길 위에서
진정으로 살아가는 발걸음을

혐오의 본질

혐오의 본질은 낙오자의 자기 위로

혐오자의 시간은 늘 어느 시기에 멈춘다
과거를 그리는 자는 그가 애정했던 기억 속의 시대에
이민자는 그가 떠나온 추억의 시기에

머문 시간은 마음의 원형이 되어
현재의 시간과 어긋난다

권위도, 권력도, 지혜도 허락되지 않은 현실
가진 재물도, 자랑할 이웃도
귀 기울일 친구도 없는 곳
그들의 경험과 추억은 허무와 마주한다

그들은 세상을 분노로 바라본다
멀리서 그러나 날것의 눈으로
이대로는 안된다 걱정하고
변화가 마음에 들지 않는다
바뀌는 세상이 위태롭다

그래서 다른 곳에
크게 사용처가 없는 지혜가
팍팍한 현실인식과 결합하며
열꽃을 피우고

그 뜨거움은 그들을 낙오시킨 것들에 대한
혐오로 변질된다

과제는 인간성의 복원이다
잃어버린 시간이 아닌 현재의 시각에서
그들이 다시 빛날 수 있도록

허락되지 않는 어른다움

'매운 칼 같은 향내, 설탕 같은 키스'
파블로 네루다가 찬양한 젊음의 모습
생기와 설렘의 시간들은
세월과 함께 추억의 잔물결 속에 잠긴다

만나고 부딪혀온 사람들의 숫자만큼 살아낸 풍파로
우리는 조금은 더 지혜로워졌을지 모르나

빠르게 변화하는 세상과
새롭게 진화하는 지식의 잰걸음에
늘 몇 발짝 뒤에서
겨우 따라잡고 있을 뿐이다

특히나 낯선 타국으로 이주해
일구어낸 삶은
언어에서, 문화에서 필연적으로 뒤쳐진 채
이질감 속에 머문다

자녀들은 주류 속으로 스며들어
사회에 안정적으로 흡수되지만
성장한 뒤에 도착한 이방인에게는
어른의 지혜와 권위가 쉽게 허락되지 않는다

그래서 이민자 어른의 피와 땀과 눈물이 스며 있고
몸과 마음으로 살아온 모든 시간들은
조용하게만 빛난다

엄마 찾아 삼만리

이탈리아 제노바 골목에서
가난한 살림 속 엄마는 떠났다
아르헨티나 부에노스 아이레스
멀고 낯선 땅으로

마르코는 밀항을 거듭하며
엄마의 발자취를 쫓는다
하지만 엄마는 또 다른 길 위
광활한 대륙은 끝없이 이어진다

마르코의 여정이 묘사된 지
130년이라는 세월이 흘렀고
이탈리아와 아르헨티나는
서로의 처지가 바뀌었지만
여전히 사람들은 가난하고 헤어진다

오늘의 뉴욕 루즈벨트 호텔 난민의 집은
또 다른 '엄마 찾기'의 무대가 된다

엄마를 찾듯 우리는 쫓는다
생존과 삶
그리고 놓을 수 없는 희망까지

빛나는 도시와 빈곤의 폐허 사이
오늘의 마르코도
엄마를 찾아 삼만 리를 달린다
눈물을 삼킨다

하느님의 군대

우리는 하느님의 군단
성령의 전신갑주로 무장했다
죄와 불의가 드리운 세계 위에서
진리의 검으로 어둠을 절멸한다

산맥과 바다를 횡단하며
심연도 두려움 없는 용기로 가른다
육신의 무기는 헛되나
성령의 불꽃은 새벽의 빛으로 발한다

사랑과 정의로 견고히 단련된 우리
폭압과 부정의 성채를 해체하며
말씀의 깃발을 높이 올리고
영원한 생명의 지평을 향하여 전진한다

우리는 멈추지 않는다
폭풍 속에서도 흔들리지 않는 신앙으로
하늘과 땅을 관통하는 성화(聖火)의 행진
그 끝에서 압승의 승전보를 울린다

사랑의 창과 성령의 방패로
모든 암흑을 태워 새로운 세계를 창조하는
하느님의 군대가 지금 여기에 있다

왕이 우리 안에 계시다

태초에
하늘의 숨과
땅의 뿌리를 함께 지으신 분
창조주이신 그분은
지금도 우리 위에
왕으로 서 계신다

세상은 혼란스럽고
어둠은 늘 낮은 목소리로 속삭이지만
우리는 이미
왕의 통치 아래
숨 쉬는 백성

패배라 부르는 것들
눈물로 기록된 밤들
그것은
원수의 속임에
잠시 귀를 내준 흔적일 뿐

왕이 우리 안에 계시다

우리의 이름은
패배로 쓰이지 않는다

두려움이
가슴 언저리를 두드릴 때마다
마음은
폭풍을 마주한 풀잎처럼 떨리지만
우리는 쓸려가지 않는다
왕이
이미 우리 안에
거하고 계시므로

우리는 연약하여
자주 흔들리고
지혜는 모자라지만
칠흑 같은 어둠 속에서도
예수
그 이름 하나로
밤은 길을 잃는다

악이
너의 이름을 부를 때
고개를 들고
왕의 이름을 부르라

승리는
미래의 약속이 아니라
이미 우리 안에
살아 숨 쉬는 현재

왕이 우리 안에 계시다
그러므로
우리는
오늘도 이긴다

필요한 것을 채워주신다

숨이 쉬어지지 않아 잠도 오지 않아
눈을 뜨면 새 아침이 시작될까 두려워
더 이상 희망도 열정도 없이 속절없이 한숨만

그러나 주님 우리에게 말씀하셨지
무엇을 먹을까, 무엇을 마실까, 무엇을 입을까
어느 하나 걱정하지 말아라

이 모든 것이 우리에게 필요함을 아시는 그분
베푸시는 주님께서 당신의 풍요로움으로
필요한 모든 것을 채워 주신다

주님은 당신의 하늘을 여시어
당신의 자녀들을 채우신다
너희의 풍요가 들불처럼 일어나리라

시간과 세상을 건너는 기도

사계의 축복

봄은 시작의 연둣빛 속삭임
얼었던 땅 위로 꽃망울 하나, 둘 피어나
숨결마다 생명이 깨어나네
그 따스함 속에서 우리는 기도하네

여름은 정열의 눈부신 미소
푸른 하늘 아래 햇살이 금빛 강물 되어 흐르고
바람은 나무 사이를 춤추며 지나가네
뜨거움 속에서도 마음은 평화롭고
우리는 또 기도하네

가을은 풍요가 물든 황금빛 편지
낙엽이 바람에 흩날리며 속삭이듯
풍성함과 그리움이 함께 내려와
세상 모든 결실 속에서 우리는
조용히 감사드리네

겨울은 눈꽃이 내려앉은 침묵
하얀 세상 속에서 숨소리조차 경건하고

별빛도 더욱 밝게 빛나네
찬 공기 속에서 우리는 깨닫네
생명과 사랑이 다 주님의 축복임을
그리고 우리는 기도하네

"감사합니다."

연못가에서

산책길에 커다란 바윗돌이 움직인다
다가가 보니, 그것은 거북이다
미국 동부 호수에서 흔히 볼 수 있다는
큰입거북, 느릿하지만 단단한 생명
거북은 길을 벗어나 뒷마당의 연못까지 기어간다

물결과 풀잎 사이, 햇살에 반짝이며
그 고요한 걸음을 나는 숨죽여 바라본다
중간에 포장된 도로가 나타나면
생명의 속도가 세상과 마주친 순간의
위태로움이 긴장감을 제공한다

연못가에서 나는 관찰한다
거북, 개구리, 물고기, 풀벌레, 저마다의 숨결
조용히 스며드는 생명의 모습을
느린 거북의 발걸음 속에서
삶과 죽음, 조심스러움과 자유가
나지막히 어우러지는 듯하다

불을 바라보며

말없이 모든 것을 말하는 듯
고요가 모든 질문에 답하듯
타닥, 타닥, 타닥
검은 장작 속 붉은 속살이
조용히, 그러나 시끄럽게 타들어가네

아무 말도 없고
아무 소리도 없지만
모든 소음과 모든 언어를 삼키며
붉게, 타닥, 타닥, 타닥
자기만의 언어로 존재를 노래하네

뒷마당 캠핑

바람이 지나가고
별빛이 머문다
사슴과 다람쥐도 조심스레 모습을 비춘다

텐트와 침낭
모닥불 속 작은 불꽃까지
이 모든 것이 여행이다

텐트밖은 뒷마당이기에
무섭지 않다
텐트 밖으로 발을 내딛는 순간
우리는 금세 일상의 안정감으로 안내된다

텐트 안으로 들어서면
이 작은 공간이 또 다른 세계가 된다
바람, 별빛, 불꽃과 함께
여기, 지금이 여행이다

하늘 바다

시퍼렇게 파란 하늘이
너무 차다
그 안에 타오르는 태양도
따뜻하지 않다

구름이 움직이면
하늘은 바다 같다
육지와는 닿을 수 없는
깊고 먼 바다

그 한가운데 홀로 던져진 듯
가슴이 파랗게 시려와
나는 두 손을 모아
간절히 기도한다

그러다 두려움에
다시 눈을 내리고
땅을 보고서야 마음을 놓는다

성지순례

먼 길을 걸어
바람에 실린 향기 따라
돌계단을 오르며
마음은 한 줌 기도로 가득 차네

과달루페의 성모님,
그 빛나는 검은 눈동자 속에서
내 작은 소망 하나
조용히 깃들어 간다

돌담 사이로 스며드는 햇살
찬란한 스테인드글라스의 색채
숨결처럼 스며드는 성스러운 시간
내 발걸음은 더욱 느려지고
마음은 경건으로 차오르네

순례자의 발자국마다
희망과 그리움이 섞이고
찬송과 침묵 속에서

나는 나 자신과 만나네

돌아설 때
이마에 남은 햇살처럼
영혼 한편에도
작은 평화가 스며든다

메리 크리스마스

집집마다 형형색색의 불빛이 반짝이며
벽에 걸린 예쁜 양말과 선물들이
계절에 생기를 불어넣는다
아기 예수의 탄생, 크리스마스다

그런데 언젠가부터
크리스마스를 축하하는 말이
목을 한껏 낮추고 지나간다

서로의 다른 문화를 존중하고 이해한다는 구호 아래서
인사가 바뀌고, 기쁨과 축복이 눈치를 본다

'메리 크리스마스' 대신 '해피 홀리데이'가
자리를 차지한다
다양성의 이름으로 말과 표현을 통제하는 것은
또다른 폭력이다
신앙과 가치가 달라도 예수님의 탄생은
인류의 보편적 축복이다

메리 크리스마스
작고 따뜻한 숨으로 세상에 온
아기 예수의 탄생을
조용히 그러나 분명히 축하한다

산을 넘어라

어릴 적 우리 마을에 큰 산이 있었어
나는 그 산이 세상의 땅끝이라 상상했어

아버지의 손을 잡고 산을 올랐을 때
그 너머에 펼쳐진 눈부신 더 큰 세상
산에 올라서야 비로소 보였네

산을 넘어라 그 산을 넘어라
더 넓은 세상으로 더 큰 희망으로

산을 넘어라 그 산을 넘어라
길이 닿아 발길이 허락되는 곳까지

새 생명의 칼

연둣빛 새 생명이 칼을 품었나
연하고 순한 속살
손끝에 닿는 순간 날카롭게 찔린다
갑작스런 상처
붉은 피가 맺혀 흘러내린다

새 생명의 태
어찌 칼을 품었단 말인가
부드러울 것만 같던 살결
놀라움과 당혹감에
숨이 잠시 멈춰진다

나의 라임 오렌지 나무

어릴 적
손때 묻은 책 한 권이
조용히 내 곁에 와 놓였습니다

머나먼 브라질
지도 위에서는 잘 찾을 줄도 몰랐던 나라에서
가난한 아이 제제가
웃고 울며 나를 불렀지요

그의 아픔은
그 시절 내 눈동자에
자연스레 스며들었고
그의 작은 기쁨은
내 위로도 되었습니다

그때 우리는 모두
넉넉하지 않았기에
마음과 처지가 서로 닮아
한 그루 나무 아래

함께 앉아 있었습니다

세월이 흘러
문득 생각에 잠깁니다

나의 라임 오렌지 나무는
지금 어디에 있을까요

책장 속에 조용히 잠들어 있을까
기억의 숲에서 여전히
잎을 흔들고 있을까
아니면 어느 골목 모퉁이에서
아직도 아이 하나를
말없이 기다리고 있을까요

오늘도 그 나무는
아프도록 순한 마음으로
우리의 어린 시절을
조용히 품고 있을 것만 같습니다

빵과 포도주의 마르첼리노

주일 오후의 조용한 교실에서
손에 쥐어 주던
투박한 만화책 한 권

스페인의 먼 시골
돌로 지은 수도원 한편에
버려졌다는 아이 마리첼리노의 이야기를
우리는 숨죽여 읽었다

수사들의 하루 속에서
아이는 웃고, 울고
기도처럼 조심스러운 마음으로
하늘을 올려다보았다

그 작은 눈동자에
하느님이 가까이 있었고
나는 책장 너머로
공감했던 기억이 어렴풋이 난다

빵과 포도주의 마르첼리노

"어린아이와 같이 되지 않으면"

그 말씀이 무엇을 뜻하는지
이제는 잘 알지 못한다
세상의 무게를 배운 탓일까
먼지 쌓인 만화책을 펼치면
잃어버린 마음도
조용히 돌아와 줄까
다시 어린아이같은 믿음을 가질 수 있을까

동심이란
되찾는 것이 아니라
끝내 잃지 않으려 매일 반추하는
기도 같은 것인지도 모른다

강하고 담대하라

ⓒ 조미카엘, 2026

초판 1쇄 발행 2026년 2월 18일

지은이   조미카엘
펴낸이   이기봉
편집   좋은땅 편집팀
펴낸곳   도서출판 좋은땅
주소   서울특별시 마포구 양화로12길 26 지월드빌딩 (서교동 395-7)
전화   02)374-8616~7
팩스   02)374-8614
이메일   gworldbook@naver.com
홈페이지   www.g-world.co.kr

ISBN   979-11-388-5429-0 (03810)